結局ゾロ目を見逃す

まえだりょう

郁朋社

目次

装丁／根本　比奈子

ショートエッセイ1

メルヘンを語る資格

飯屋で食べていると、隣のテーブルの女性二人がディズニーランドについて話し合っていた。

彼女たちは、タバコをスパスパと吸いながら、焼き肉定食をほおばって、「ディズニーランドの魅力はなんといってもメルヘン」という結論に達した。

ダブルベッド

家具屋にダブルベッドを買いに行った。

「ダブルベッドが欲しいんですけど」と店員に言うと、「パートナーの方はどのようなマットの硬さが好みですか?」とか「このフレームは女性の方に人気があります」などと、色々質問したり説明してくれた。

ぼくも負けじと、そういう人がいるふりをして、その店員と会話した。

パンツの定義

高校時代のクラブの合宿でのこと。

宿で一人がTシャツ、トランクスの姿でうろうろしていた。

「ズボン、はけや」と注意すると、「はいてるやん」と逆に言い返された。

どう見てもそれはトランクスなのだが、本人は真面目にショートパンツと思っているらしい。それが証拠に、彼はトランクスの下に白いブリーフをはいていた。

肥満の基準

東京駅のホームで新幹線を待っていると、北の湖理事長と力士数名の団体に出くわした。

彼らを見てつくづく思った。

世の中のほとんどの人は太っていない。

権利

映画を見に行った。

クライマックスで、後ろの席からすすり泣きが聞こえてきた。

映画が終わったあと、どんな女の子が泣いていたのか気になって、後ろを振り返って見た。

メタボリック体型のおじさん二人組だった。

誰でもすすり泣きする権利は、もちろんある。

慰み

入会したスポーツジムで体力測定を行った。

トレーナーに「百キロマラソンで完走したことがある」ことを伝えると、「それじゃあ、何の問題もないでしょう」と返ってきた。

測定の結果、三十三歳の実年齢から大きくかけ離れた、四十八歳の体力であることが分かった。

トレーナーは、「この測定は正確ではない」など、多くの言葉を並べてフォローしてくれた。

懸命に慰めてくれるトレーナーの顔をまともに見られなかった。

エール

電車で席に座っていると、隣に座る老女が目の前に立つ若い女性に席を譲ろうとしていた。若い方はそれに気付かない素ぶりを見せる。それでも老女は席を譲ろうとする。

若い女は意を決し、ほとんど消え入りそうな声で、「お腹が大きいけど……、違います」と言った。

老女は気まずそうに視線を逸らせた。

誰も悪くない。ぼくは心の中で、二人にエールを送った。

ニュース速報

W杯南アフリカ大会の一次リーグ組み合わせ抽選会を生放送で見た。日本はオランダ、カメルーン、デンマークとともにE組に入った。E組に入る国がすべて決まった直後に、ニュース速報のテロップが出た。大きな事件がまた起きたのか。緊張が走る。「W杯、日本。オランダ、カメルーン、デンマークと同組」

星図

今日の占いを見た。ぼくの星座、みずがめ座は「孤独な年末かも」ということ。当たっている。今から一人で歩き遍路に行くのだから。正確には「孤独な年末年始」だ。

百円

百円のレインコートを着たら、すぐに破けた。だから百円なのだ。

ルミ子

ぼくの後ろでおばちゃん二人が何やら話している。

その一人が、「わたしの外反母趾や腰痛が治ったら、小柳ルミ子みたいに踊れる」と言っている。

振り返って見た。そこには「大」柳ルミ子がいた。

完治を願うが、完治しても「小」のように踊れないと思う。

ヘルメット男

スーパーマーケットでヘルメットをかぶったまま買い物をしている男の人を見た。

レンタルビデオ店の十八禁のコーナーでそういう人を見かけるが、スーパーでは初めてだ。

その人にとっては、顔から火が出るくらい恥ずかしいものを買っていたのだろう。

ごぼうか、アンチョビか、それとも牛すじ肉か。一体何だ。

ああ相撲部

空港で高校の相撲部の人たちと一緒になった。備え付けのテレビではちょうど大相撲中継が放映されており、各段の優勝力士が紹介されていた。

三段目の優勝力士が舛ノ山であることが伝えられると、彼らからどよめきが起こった。大相撲と言えば今は横綱朝青龍のことで持ちきりの我々とは、住む世界がやはり違う。

ああ相撲部二

空港で高校の相撲部の人たちと一緒になった。彼らの会話を盗み聞きすると、「大盛り」や「鰹食っちゃった」「アイスクリーム」など食に関する多くの言葉が頻繁に飛び交う。

彼らの家計はもちろん、その会話もエンゲル係数がかなり高い。

青山だって、AOKIだって

「洋服の青山」にスーツを買いに行った。

家から持ってきた広告を広げて、「この広告に付いている割引券、使えるんですか?」と聞いた。

応対してくれた店員さんはあくまで冷静に、笑みさえ浮かべながら、「この広告、AOKIさんのですね」と答えた。

春

歩道を自転車が走っている。

運転する若い女の子はガチャピンの全身着ぐるみを着ている。

これを夏や秋、冬に見たら、「ばかじゃないの」と軽蔑したかもしれないが、今日は微笑ましく思った。

春は大抵のことが許せてしまう、そんな季節です。

好物

テレビ番組で司会者が演者の素人の子どもに「好きな食べ物は？」と聞いた。その子は大きな声で元気良く「りんごの皮」と答えた。

彼にはこのまますくすく育って欲しい。

成長

ブログなどのネタを書き留めたメモを整理した。

「折れたシャーペンの芯の行方」「本のページの間に挟まった髪の毛」というのが、時を隔てて何回もメモ書きされていた。

数年前に書いたものだと思うが、その当時は、これは面白いと思って、メモに何度も書き残したのだろう。

今は、なぜ書き留めたのか全く分からない。

ぼくは日々こうして成長（？）している。

帰宅後

中華料理屋で晩ごはんを食べていると、横の席のおばちゃんたちの一人が「帰ったらすぐ寝られるように、お風呂に入って、歯も磨いてきた」と誇らしげに言っていた。

お風呂まで納得できるが、歯についてはよく分からない。

ニュー仲居

インターネットのニュースサイトに、ＳＭＡＰの中居くんと倖田來未さんが高級旅館で一泊したというニュースが載っていた。

その話題は「仲居はサングラスにハーフパンツ、倖田はオーバーオールにサンダルといずれもラフなスタイル」と記されていた。

本当に高級旅館にサングラスにハーフパンツ姿の仲居がいたら、二人の温泉旅行よりもニュースだ。

まつたけのこと

朝八時、携帯電話が鳴る。母からだ。
開口一番、「まつたけあるけど、いる？」
ぼくは電車内にいたので、小声で答えた。
すると、「寝てたん？」と一言。
寝ていないし、始業前に「まつたけ」の話なんかしたくない。

ルネッサンンス

コンパに行った。

乾杯の音頭を取らなければならない状況になったら、今人気の髭男爵のギャグ「ルネッサンス」を言ってみようと思っていた。

結局、そのような状況にはならなかった。

しばらくすると、隣の席で同じくコンパをしているグループの一人が「ルネッサンス」と言った。その場を冷たい笑いが支配した。

言わなくてよかった。

相席×二

昼ごはんを食べに行った。

混んでいたので、相席を求められた。席に着き、相手を見ると、昨日、別の店で相席した人だった。

相手もそれに気付き、近いようで遠い二人の間に微妙な空気が流れた。

二十年

どんなシャンプーを使っても、薄毛や脱毛に対する効果に大差はないと新聞に書かれていた。

将来の薄毛予防や脱毛対策のため、甘い香りのするシャンプーを使うことを止めて、無臭の薬用シャンプーを使い続けてきた、ぼくの二十年を返して欲しい。

シフト

携帯電話の留守番電話にメッセージが入っていた。

「セブンイレブンです。シフト、入れませんか？　三時から五時です。お願いします」

三時から五時は用があってシフトに入れないし、そもそもコンビニでバイトはしていない。

ぐる

体重を減らすため、ジムに通い始めた。

トレーニングを終え、その帰り道、一つ下の階に焼肉屋を見つけた。吸い寄せられるようにその店に入った。

焼肉屋の隣には中華料理屋もある。

焼肉屋と中華料理屋に足繁く通うと、体重を減らすため、ジムに頑張って通わなければならない。

ジムと焼肉屋と中華料理屋は、まさか、ぐるか。

幸せ

携帯電話で話しながら、向こうから歩いてくる女の人が、ぼくとすれ違いざま、電話口に向かって叫んだ。

「とろがあれば、それでいい」

人それぞれ、幸せは違うが、彼女のそれは、結構粘り気がある。

道

定食屋で隣のテーブルのＯＬが「五キロ痩せる」と、一緒に来ていた同僚に高らかに宣言していた。

その直後、その同僚の食べる定食に付いていたデザートを半分もらっていた。

彼女の行く道は果てしなく遠い。

ぼくの立場

温泉で薬草風呂に浸かっていると、親子連れがやってきた。

お父さんが入ろうとすると、その子どもが「このお風呂、臭い」と、入るのを断固拒否した。

ぼくは、その臭いお風呂に気持ち良く浸かっている。

瞬間冷凍

店内に展示されたアンティークの冷蔵庫を見た五、六歳の少年が、「この冷蔵庫、汚い」と叫んだ。

その発言に、店員の表情は冷凍庫で瞬間冷凍されたように凍りついた。

喝！

サンデーモーニングの『週刊御意見番』。

司会の関口宏さん、膝の怪我を抱えるゴジラ松井に対し、「ジョーブ博士に丈夫にしてもらわなきゃ」とこれみよがしにコメントした。

いつもは手厳しい親分と張さんであるが、この駄洒落に対し「喝！」が飛ぶことはなかった。

そんな二人に代わり、問答無用で「喝！」。

ゴリラ

酒屋の表に、「ゴリラの鼻くそ、食べましたか？」と書かれた貼り紙があった。

ここだけの話、小さい頃、自分の鼻くそを食べたことはあるが、ゴリラのそれはまだ食べたことはない。

で？

女医

あごにできものができた。

皮膚科に行くと、初対面の女医に「典型的なニキビ。外食ばっかりでしょ。結婚してないでしょ。結婚しなさい」と矢継ぎ早に言われた。

すべて図星で、言い返す言葉もない。

舘

テレビで懐メロ番組を見た。

その中で、若き日の舘ひろしがしっとり歌う映像が流された。その当時、彼は三十四歳。

今のぼくと同じ年齢である。同じ年齢に全く見えない。

ぼくが幼稚過ぎるのか。舘ひろしがダンディ過ぎるのか。

勝利の女神

ＷＢＣ、日本対韓国戦。

試合は息詰まる投手戦。

テレビ画面が一塁側の映像に切り替わる。そしてカメラは、一塁側スタンドで観戦する、
全身ピンクずくめの女性を小さく捉える。

林家パー子だ。

その瞬間、何故かは分からない。何故かは分からないが、日本が勝つ、そんな気がした。

恋

今、『恋』という小説を読んでいる。小池真理子の直木賞受賞作。隠れて読む必要は全くないのだが、題名が題名だけに、こそこそ読んでいる。電車で立って読むときは、座っている人にタイトルを見られないよう、手で表紙を覆い隠している。

そんなシャイな、三十四歳の春です。

勇気

友人の結婚式に行った。

主賓の方が挨拶をした。その挨拶の中で、「引かれるほど後ろ髪はありませんが、後ろ髪を引かれる思いで」との言葉があった。会場は大きな笑いに包まれた。

あんなに笑いを取れるのだ。いつか禿げる勇気を持てた。「後ろ髪を引かれる」と言える機会がどれだけあるかは知らないが。

商談

ジムの更衣室で着替えていると、後ろから商談する声が聞こえてきた。振り返ると、携帯電話に向かって話すおじさんが立っていた。グレーのブリーフ一丁で。おじさんは電話相手を必死に説得した。その甲斐あって、商談は成立した。ブリーフ姿の彼が、やけにかっこよく見えた。

威厳

地下鉄に乗っていて、ある駅に停まったとき、その駅構内の広告看板の星野仙一さんと窓越しに差し向かいになった。

星野さんは微笑を浮かべながら、ぼくをまっすぐに見つめてくる。

単なる看板なのだが、その威厳に思わずぼくの背筋はスッと伸びた。

ちなみに

露天風呂に入った。

男女の風呂を仕切る板の先端から、中年女性が男風呂を覗き込んだ。ぼくと目が合うと「きゃあ」という声を上げ、体を引っ込めた。その直後、女風呂から「男の人が見えた」と騒ぐ声が聞こえてきた。

ちなみに、男風呂から彼女は丸見えだったことを付け加えておく。

お兄ちゃん

よく行く定食屋では、男性客はほとんどすべて「お兄ちゃん」と呼ばれる。「お兄ちゃん」にふさわしい若者はもちろん、「お兄ちゃん」でなくなって久しい中高年までそう呼ばれる。

「こっちのお兄ちゃん、注文は?」や「そっちのお兄ちゃん、ちょっと待ってね」など、店内では「お兄ちゃん」という言葉が頻繁に飛び交う。

だから、油断すると、その「お兄ちゃん」がどの「お兄ちゃん」を指しているのか分からなくなることがある。

店に入ってから出るまで、予断は許されない。

前倒し

以前は、家の掃除を土曜日にしていた。

その後、休日をよりよく過ごすため、金曜日に変更した。

最近は、充実した週末にするため、木曜日にしている。

この調子だと、将来は、まわりまわって土曜日に戻る気がする。

気が付けば

ここ最近ぼくの家を頻繁に訪れる不動産屋さんに「マラソンが趣味ですか?」と突然言

われた。

その訳を聞いてみると、いつもマラソン大会の参加賞のTシャツを着ているからとのこと。

気が付けば、ぼくの部屋着のTシャツは、いつの間にか、その九割が参加賞のTシャツになっている。

初めての津軽弁

青森で温泉に行った。

中年二人組と湯船で一緒になった。

彼らが話すのを聞いていたのだが、ほとんど言葉が分からない。これが津軽弁なのだろう。

唯一分かったのは「おなごのすっぱだか」というところだけ。

言葉はほとんど分からなかったが、その話すテーマははっきりと分かった。

疲労はどこへ？

電車に乗っていると、二人組の若い女の子が乗ってきた。そのうち一人が席に着くなり「今日はしゃべり過ぎて疲れたわ」と言った。もう一人もそれに同意した。

その後車内で、彼女たちは大音量のマシンガントークを繰り広げた。

疲れはどこかに吹き飛んだようだ。

メシア

会社の近くで、年配の女性二人に「心斎橋筋はどこですか？」と尋ねられた。

この辺りの道路事情に疎い。確かな答えは分からない。

だが、彼女たちはぼくのことを、救世主でも見るように見ている。

ぼくは腹をくくり、「もう一つ向こうの通りです」と答えた。

彼女たちのすがるような目つきは、安堵のそれに変わった。

会社に戻って、インターネットで「心斎橋筋」を調べてみた。

ぼくは救世主になれなかったようだ。

引っ越し前

引っ越しする日が間近に迫り、食材を使い切ろうとやっきになっている。

表面が麩で覆われた味噌汁。海苔まみれの納豆。具が白ごまのスープ。

普段は脇役の食材が無理やり主役にさせられている。

杞憂

幹線道路沿いにあるマンションに引っ越した。

昼間はそれほど気にならなかったが、夜になると、ひっきりなしに走る車の音が気になる。

この音の中、果たして眠ることができるのだろうか。とても心配になった。

その晩、ベッドに入って数秒後に眠りについた。

アピール

大型で強い台風が本州に上陸した朝。

傘を差して自宅最寄り駅に向かっていると、強風で傘がものの見事に裏返った。

なんだか嬉しくなって、誰かに見せたいのだが、歩道を行く人は誰もいない。

仕方なく、車道を走る車に向かって裏返った傘を必死にアピールした。

手紙

友人の家に行って、そこの三人の子どもたちとままごとやトランプなどをして遊んだ。

帰る前、彼らに手紙をもらった。

「まえだくん　いつも遊んでくれてありがとう」

「いつも」って、今日、初めて会ったのですけど。

しかも「くん」付け。

かわいいから、まあ、いいか。

神秘

温泉で湯上り後、くつろいでいると、遠くに白髪のロングヘアーの男性を見つけた。そのあまりの白さに神秘的なものを感じた。

その男性がこちらに近づいてきた。

頭に白いタオルを乗せていた。

三十五歳独身男性

映画『プリンセスと魔法のキス』を一人で観に行った。

チケットを購入するとき、受付の人に「『プリンセスと魔法のキス』大人お一人様」と都合三回、繰り返し言われた。

三十五歳独身男性にとって思ったより恥ずかしいフレーズだ。その場を逃げ出したくなった。

言えないよ

定食屋に行った。

その店のご主人、奥さんとの間で、クイズ番組で引っ張りだこの東大卒、京大卒タレントのことが話題になった。話し合った末、ご主人、奥さんは、「クイズは得意だが、一般常識は全然ない」と結論付けた。

すると、奥さんが「お兄ちゃんはどこの大学出たん？」と聞いてきた。

この状況で本当のことが言えるわけない。

真顔

洒落たレストランに行った。

テーブルの上におしぼりが三つあったので、席を立つ前に、何の意味もなく、そのうち二つを間隔を開けて垂直に立てて、その間を残りの一つを架け渡してみた。

勘定をしていると、担当してくれていたウェイター・ウェイトレスの二人がやってきて、「あれは何を意味しているんですか？」「凱旋門を表しているのですか？」などと色々質問してきた。

それをあまりに真顔で言うので、怖くなった。

「すいませんでした」と頭を下げて、店を足早に去った。

こんなもの

親知らずを抜いた。

抜いた後、鏡を見ると、頬が腫れていた。

それを歯科衛生士さんに言うと、「腫れていませんよ」という返事。

ぼくはもともと、こんな腫れぼったい顔だったようだ。

エッセイ1

名馬

中学三年のときの同じクラスに「馬田」という男がいた。彼は目立つ生徒ではなかった。成績は良くも悪くもなく、ひょうきんでもやんちゃでもなかった。

彼は陸上部に所属していた。彼は短い距離を得意とする「サラブレッド」だった。

中学生活最後の運動会。彼は百五十メートル競走に出走することになった。他の出走馬を見る限り、彼の勝利はほぼ確実だった。単勝一・一倍、一番人気。

メインレースの時間が遂にやってきた。彼を含む各馬、スタートラインに揃った。彼の鼻息は荒く、いつにもまして馬顔に見える。彼の勝ちを確信したぼくたちクラスメートの興奮は最高潮に達した。号砲一発。各馬、一斉にスタート。

スタート直後からスピードの違いを見せて、第一コーナーまでの直線で二馬身ほどのリード。第一コーナーに入ってもその馬脚は衰えず、後続との差をさらに広げていく。第一コーナーから第二コーナーへ。少し減速したような気がする。陸上部を引退してから久しぶりのレース。さすがの彼も多少疲れたのかもしれない。でもこのリードだ。このまま押し切るに違いない。

そして、第二コーナーから最後の直線に出ようとした、そのときであった。彼の後脚がもつれた。それでも必死にバランスを保とうとした。それも及ばす、転倒した。ぼくたちの応援席から「あー」と大きな溜息が漏れた。何枚もの馬券が宙に舞った。

転倒した彼の横を一頭、また一頭と、通り過ぎていく。彼はまだ立ち上がらない。最後の一頭に追い抜かれたところで、彼はようやく立ち上がった。

彼は再び走り始めた。雌雄を決したが、彼は最後まで決して力を抜かなかった。猛烈なラストスパートで、ゴールラインを越えた。

彼は自嘲しながら、応援席に戻ってきた。誰かが「よう、がんばった」と声をかけた。それは慰みでもなく、同情でもなかった。拍手がどこからともなく起こり、それは瞬く間に広がった。

ぼくは思う。ぼくにとっての名馬は、オグリキャップでも、トウカイテイオーでも、ナリタブライアンでもない。馬田なのだ、と。

ブクブクのこと

高校一年の秋、クラスで遠足に行った。

無事終了し、解散となった。

帰ろうとすると、ある友人がぼくのところにやってきて、見たことのない真剣な表情で「一緒に来てくれ」と懇願した。

聞くと、彼はクラスの、好きな女の子をお茶に誘ったのだが、二人きりではちょっと、という反応を示されたという。そこで、ぼくに白羽の矢が立った。

恋愛に関して人畜無害なので誘われたのだろうが、普段は上からものを言うことの多い彼の、必死に訴える様子がほほえましく、人助けのつもりで快諾した。

喫茶店に入ると、彼らは対面で座り、ぼくは彼の隣の席に着いた。

店員がやってくると、二人は示し合わせたようにホットコーヒーを注文した。その息のあったところを見ると、彼らはこのような逢瀬を何度か重ねているのだろう。ぼくは、二人の邪魔になってはいけないという配慮と、ホットコーヒーという少し背伸びした彼らの注文への対抗心で、クリームソーダを注文した。

ほどなくホットコーヒー、少し遅れてクリームソーダがやってきた。

彼らはコーヒーに形だけ口を付けると、あとは二人で話し続けた。

もともと彼らの話に入る気などなかったし、その話にもほとんど付いていくことができなかった。そもそも彼女とは一度も話をしたことがない。こういう状況になるのはある程度予想していたが、それが現実になると、やはり虚しく、辛かった。

時間を持て余し、グラスに刺さったストローをくわえ、なにげなく息を吹き出した。白い泡がブクブクと出た。それが手持無沙汰のぼくにとって、とても楽しいことのように思えた。

今度は思い切って強く息を吹き出した。すると、泡が大量に発生し、グラスからこぼれ出そうになった。「止まれ」と強く願った。しかし、その願いは泡の中に一瞬のうちに飲み込まれた。泡はグラスを伝ってテーブルの上に勢いよく流れ出し、あっという間にテーブルの上を広がった。

素早く卓上のペーパーナプキンを取って、これ以上の広がりを食い止めようとした。その様子を見て、二人は事の次第にようやく気付き、子どもの粗相を優しくフォローする両親のように、何も言わず一緒になって拭いてくれた。

喫茶店に入ってから初めての共同作業。恥ずかしさとも怒りとも嬉しさとも悲しさとも区別のつかない複雑な感情が渦巻き、彼らをまともに見ることはできなかった。

その後も泡はどんどん出続け、止まることを知らなかった。

遠足の日からしばらくして、その友人はその彼女に告白したが、あっけなくふられた。

同情もしたが、胸のつかえが下りた気もした。

時限アラーム

その数学教師は、学生時代から神童と称された天才であった。その代償か、彼は非常にエキセントリックで、とてもヒステリックであった。

彼の今日の授業は「演習」だった。前回の授業で問題を解いてくるよう命ぜられた者たちが、授業開始前にその解答を教室の前後にある黒板に書き、授業において彼がそれを解説しながら採点していく。

ぼくたちは、授業開始前に、教室の前にある教卓の中に「時限アラーム」をこっそり仕掛けた。腕時計のアラームが五分おきに鳴るようセットして、それを机の奥深くに忍び込ませたのだ。

授業開始を知らせるベルが鳴ると、まもなく彼は笑顔で教室に姿を現した。いつもに増して、機嫌がよさそうだ。彼は前の黒板に書かれた解答から解説し始めた。

「ピィピッ、ピィピッ、……」

一回目。彼以外の声は一切聞こえない教室で、その音は思いのほかこだました。

「誰や、アラーム鳴らしてんの」

彼は笑顔さえ見せながら、穏やかな声でアラームを止めることを促した。

「ピィピッ、ピィピッ、……」

アラームは鳴り続ける。

「誰や、アラーム鳴らしてんの！！！」

セリフは同じだったが、彼の表情は一気に険しくなり、その声は甲高い怒声に一変した。

その想像どおりの反応に、ぼくたちはほくそ笑んだ。ほどなく一回目は終了した。それと同時に、彼は何もなかったように、解説を再開した。

「ピィピッ、ピィピッ、……」

二回目。

「誰や、アラーム鳴らしてんの！！！！！」

一回目初期のような心の余裕は全くなく、いきなり大噴火した。

アラームは鳴り続ける。

「止めろ！！！！」

「ピィピッ」と一つ鳴る毎にぼくたちは追い込まれていった。

やばい。互いに離れた席にいるぼくたちは、一様にそう思った。

一刻も早くアラームを止めなければ。しかし、彼は教卓の真ん前にいる。打つ手がない。

二回目も何とか終了した。それと同時に、彼は何もなかったように、解説を再開した。

三回目はどうしても阻止しなければならない。しかし、彼は前の黒板で解説を続けている。ぼくたちは動くことができない。ただ、あと少しで前の黒板での解説を終えようとしている。彼が後ろの黒板に移動するときが唯一のチャンスだ。その隙に、仲間の中で一番前に座るぼくが時計を教卓から取り出すしかない。まだ前の黒板の分は終わらないか。もうすぐ三回目がやってきてしまう。じりじりとした時間がゆっくり流れる。

ようやく前の黒板での解説を終え、彼は後ろの黒板に移動し始めた。

ぼくの座る列を通り過ぎると、ぼくは教卓へと素早く、静かに向かい、その前側に回ると、中から時計を取り出し、無我夢中で自分の席に戻った。着席すると同時に、彼は教室前方に振り返った。

まだ作業は完了していない。微かに震える指で時計の小さなボタンを必死に操作した。

三回目は、阻止された。

自由

自由って一体何なのだろう。誰もが享受できるものと思っていた。原付免許を取る、そのときまでは。

ぼくは原付に乗るとき、ヘルメットをかぶらない（注：田舎での昔の話です。原付に乗るときは、必ずヘルメットを着用しましょう）。かぶりたくないのではない。頭が大き過ぎて、家にあるフリーサイズのハーフヘルメットをかぶることができないのだ。

母はそんなぼくに対し、脳味噌がたくさん詰まっているからと言う。でも、そんな言葉、慰めにならない。ぼくはただ、みんなと同じように、フリーサイズのヘルメットをかぶりたいのだ。

ぼくは至って小心者だ。原付に乗るとき、裏道をこそこそ走る。本当は、大通りを自由に走り回りたい。頭一面をヘルメットで一杯にして。

ハーフヘルメットをかぶらずに、首に掛けて原付に乗るヤンキーを見ると、無性に腹が立つ。フリーサイズのヘルメットをかぶれる小さな頭をせっかく持っているのに、何故その自由を謳歌しようとしない。ヘルメットを自由にかぶれる者は、ヘルメットをかぶれる素晴らしさに決して気付かない。

しかも、ヘルメットをシート内に収納したぼくは、警察に捕まったら、即減点だ。言い訳したところで、減点は免れない。ならば、思い切ってこう言いたい。

「お巡りさんよ。自由って、一体何なのさ?」

意味不明な発言として、一蹴されるだろう。

ちなみに、フルフェイスのヘルメットはかぶれます。

人の数だけ、バスの乗り方がある

バスの出発時刻十分前。ぼくは家を出て、近くのバス停に向かう。バス停までは徒歩でおよそ一分。道のりは決して遠くない。だが、油断は禁物だ。その道中、何が起こるかは分からない。ぎりぎりのところで家を出ると、もしものとき、取り返しのつかないことになる。

同じく十分前。妹は家で身支度中。

九分前。ぼくは無事、バス停に到着する。誰もいない。確かに今日は何事もなかった。だが、危険は常に隣り合わせにある。それがいつか、自分の身に降りかかるかもしれない。今日も明日も明後日も、隙を見せてはいけない。

同じく九分前。妹は家で身支度中。

五分前。ぼくはバス停の前で立ち続ける。このバスを待つ間は、ひょっとすると、無駄に思えるかもしれない。だが、世の中に、無駄なものなどひとつもない。この待ち時間も、きっとかけがえのない何かをぼくにもたらしてくれるだろう。

同じく五分前。妹は家で身支度中。

三分前。ぼくは降車時に運賃を支払うのに備え、小銭を用意する。財布の中に小銭がちょうどあれば、それだけで幸せな気持ちになる。用意した小銭をポケットにそっと忍ばせる。

同じく三分前。妹は家で身支度中。

バス出発時刻。ぼくはバスに乗り込む。

同じくバス出発時刻。妹は家で身支度中。身支度のピッチが急激に上がる。

バス出発三分後。ぼくはバスに乗車中。

同じくバス出発三分後。妹は家を出て、無謀にも遠くのバス停に先回りを試みる。

十分後。ぼくはバスに乗車中。

同じく十分後。妹は奇跡的に先回りに成功し、バスに乗り込む。

三十分後、ぼくはバスから降りる。

同じく三十分後、妹もバスから降りる。

目的地への到着時刻は同じ。

君は、どっち？

何も着られなくて　～秋～

思い返せば、学年に一人か二人はいただろう。ほぼ一年中、学ランを着ない男が。高校時代、ぼくの学年にもそういう男が一人いた。見るからにそういうことを平気でしそうな、野性的で快活な男であった。

ぼくは寒さに弱い方ではない。そして何より、負けず嫌いだ。ぼくは秘かに、彼に戦いを挑むことにした。学ランを着る人生最後の年である高校三年の、秋の初めのことだった。

初秋は、多くが白いカッターシャツ姿であったのが、秋が深まっていくにつれ、詰襟姿に変わっていった。そして、秋も半ばを迎えた頃に行われた全校集会。全身黒づくめの男たちの中、白い上半身の男は、とうとう彼とぼくの二人になった。紅一点ならぬ、白二点だ。

学校や電車でシャツ一枚で過ごすのは、外気を遮るものがある分、さほど大変なことではない。辛いのは、家と最寄り駅の間。ぼくはその間を原付で行き来している。冬の足音を感じさせる冷たい風がぼくの上半身に容赦なく突き刺さる。原付に乗るときだけ、何か上着を羽織ればいいと思うかもしれないが、それは彼に対してアンフェアな行為だ。どうでもいいことに、ぼくは真面目にこだわる。

登校前のぼくの姿を見て、母は「見ているこっちの方が寒い」と叫ぶ。でも、それは違う。シャツ一枚しか着ていないこっちの方が絶対に寒い。

だが、戦いはそう長くは続かなかった。十一月も下旬になると、さすがに我慢できなくなってきた。白いタオルを投げ込む代わりに、黒い学ランを着こんだ。それは体にも心にも暖かかった。戦いは人知れず、静かに終わりを告げた。

その後も、彼は相変わらずシャツ一枚で過ごした。やはり奴は本物だった。とんでもない化け物に戦いを挑んでいた。

今でも目をつぶれば、彼の白シャツ姿が瞼の裏に浮かぶ。

前田に生まれて

小学時代。誰しもがぼくを「前ちゃん」と呼んだ。

中学時代。最初は小学時代の名残で「前ちゃん」と呼ばれた。その後、ある先生が授業中に突発的（計画的？）に「前っち」と呼んだことに端を発し、それが急速に広まった。

高校時代。周りはぼくの「前ちゃん」「前っち」時代を知らない人ばかり。彼らはいつしかぼくを、「亮」と呼んだ。両親以外に下の名前で呼ばれる初めての経験。さらに一部女子は、「まえだりょう」とフルネームで呼んだ。フルネームで呼ばれる最初で、おそらく最後の経験。

そのようにあだ名で呼ばれ続ける中、あだ名で呼ばれることに冷めた自分がいた。親しくなった後、あだ名で呼ぶのは良い。中には少なからずいるのだ。それほど親しくないのに、あだ名で呼ぶことで、一足飛びで親しくなろうとする者が。そう呼ぶことで、ぼくとの表向きの距離は縮まったように見えるが、ぼくとの心の距離は離れていく。

だからぼくは、誰かをあだ名で呼ぶのが得意ではない。特に、下の名前で誰かを呼んだことは一度もない。

そんなぼくの前に、高校時代、一人の男が颯爽と現れた。そして彼は、ぼくを目の前にしてこう言った。

「みんなに『亮』と呼ばれてるけど、俺はお前を『亮』と呼ばない。『前田』と呼ぶ」

あだ名で呼ばれることに疲れ果てたぼくの心に、彼の言葉はオアシスだった。これが、自分史の中で燦然と輝く、かの有名な「前田宣言」である。

大学生になった。みんながぼくを「前田」と呼んだ。それも最初のうち、時間が経てば、あだ名で呼び始めるだろうと思っていた。だが、待てど暮らせど、一向にあだ名で呼ばない。なぜあだ名で呼ばない。これが大学生というものなのか。

誰しもが「前田」と呼ぶ中、あの「前田宣言」はその輝きを急速に失った。同時に、あだ名で呼ばれていたあの頃のことがひどく懐かしくなった。

クイズの正解

真夜中、下宿で寝ていると、電話の呼び出し音が鳴った。こんな時間に一体誰だろう。這うようにして電話のところまで行き、受話器を上げる。

「もしもし」

「誰か分かるか?」

いきなりのクイズ。深夜の電話の第一声としてかなりたちが悪い。電話越しに伝わってくる雰囲気からすると、名前を言うつもりはさらさらなさそう。仕方なく、半分寝ぼけた頭で午前二時のクイズの、解答者になる。

思いつく同級生の名前を順に挙げていくが、一向に当たらない。

今まで同級生に絞って考えていたが、先輩や後輩にまで範囲を広げて考えてみる。そう思った矢先、一つの答えが頭をよぎる。大学で所属しているサークルの部長の声にすごく似ている。

「もしかして、部長ですか?」

おそるおそる尋ねる。

「そうや」

部長は、ようやく当ててくれたことへの歓喜と安堵の声を上げる。

部長が電話を掛けてきたこと自体、初めてだ。一体何の用だろう。これまでの会話に失礼はなかっただろうか。ぼくの背筋はピンと伸びる。

部長はたわいのない話を始める。午前二時に、文字通りたわいのない話を、だ。

しばらく話をして、それが一段落したころで、部長は突然うれしそうにこう告白した。

「俺や。Ｎや」

不意の告白に気が動転して、すぐにはこの状況がうまく理解することができない。

気を静め、冷静に考える。

言われてみると、高校の同級生、Ｎの声に似ている気がする。というより、Ｎの声、そのものだ。すごく部長っぽい話をしていたような気がしていたが、改めて考えると、全然部長っぽくない話をしていた。

クイズの正解はＮ。よって不正解。ポイントゲットならず。

1行エッセイ

旅先のノリで買った土産の行く末を思う。

遠くで目覚ましがいつまでも鳴ってる。

斜め前に西川のりおがいる。

寝言の域を超えてる。

恥ずかしがるのはそこか。

パンダの名前みたいだ。

本気にしか見えない肩慣らし。

まだ見つからないが案外近くにあるのは分かってる。

山あいのサーフショップ。

ワインの説明がまだ続いてる。

つま先を打ち付けた家具に声を荒げる。

あそこで北山たけしが話題になってる。

飴を途中で噛まないという決心が鈍る。

生島ヒロシ嫌いと勝手に断言される。

ＥＴＣの方が混んでいる。
犬柄Ｔシャツを着た犬が歩いてる。
押し間違えた階でやむなく降りる。
お徳用を一度で食べ切る。
覚えやすいと思った電話番号を覚えられない。
カーナビが道案内と同じ調子で「メリークリスマス」と言う。
改造バイクの音と思ったらただの古い原付の音。

帰り道も同じ人が交通警備をしていた。

駆け込み乗車失敗を車内からほくそ笑む。

家庭菜園を始めようと思って早三年。

カレンダーが三月のまま。

完全防備をしたのにカレーの染みが付いている。

巨人は超ムカつくキモいんだよと七十代の男性が吠える。

携帯電話前夜、子機を外に持ち出す。

結末を言うなと念じる。

健康食品を食べ過ぎる。

財布が十円玉で重い。

カップ麺、三分待ったためしがない。

四月の昼休み、行き場のないフレッシュマンの群れ。

ぼくの入れた曲、あいつが熱唱している。

車庫へと向かう列車内で眠る知人をホームから見た。

待ち合わせ場所の人だかりの中心になっている。
心斎橋駅で下車する格好だ。
座ると思ったより濡れていた。
選手名を背番号順に独りそらんじる。
その内股、絶対無理してる。
大将みたいな人に大将と呼ばれる。
端午の節句、カーネル・サンダースが鎧を着せられていた。

チェーンメールも来ない。

どうあがいても躓いたのはみんな知ってる。

登山で拾った棒、ベランダで雨ざらし。

飛べると思った水溜りを飛び損なう。

とりあえず長い方の列に並ぶ。

何も持っていないのに鳩が寄ってくる。

二十三時間営業の店。

念のためもう一度拭く。

バイキングで外国人がオーマイガッドと連呼してる。

話しかけたら知らない人だった。

貼られたポスターの髪型にする技術はその床屋にはない。

久しぶりに鳴った携帯電話に怯える。

美男美女の失敗を喜ぶ。

豹より豹柄だ。

冷奴にソースをかけた無念。

ファンタについて激論した三十五の昼。

冬はダウンを着る人と思ってた。

ボールペンがまた一本、増えた。

ぼくの隣だけ空いている。

ぼくはキン肉マン世代だが、彼はドラゴンボール世代だ。

他に褒めるところがなかったのか。

まだ十分しか経っていない。
水風呂でおやじが尻を水面から出して浮かんでる。
見られたいのか、見られたくないのか。
みんな差したから差したが、雨は降っていない。
向かいに同級生と思しき人が座っていてこっちを見ている。
燃えるごみに見えないが、れっきとした燃えるごみだ。
夜道で何度も振り返られる。

よく見ると虫だらけ。

あの父が世界陸上で号泣している。

ウォシュレット初心者の仕業だ。

エビの尻尾を食べるという武勇伝を聞かされる。

気になるあの子が平地で立ち漕ぎしてる。

結局ゾロ目を見逃す。

この錠剤だけ余った。

三十分だけ眠るつもりだった。

そこなら車よりも早く行けるとマラソン愛好家が豪語する。

体温を高めに報告する。

大道芸人を遠巻きに見る。

エッセイ２

レジ探偵

あらかじめ決めていた商品をスーパーのカゴの中に順に放り込んでいく。

ベテラン風情のおばちゃんが担当するレジに行く。

おばちゃんは「いらっしゃいませ」と挨拶をすると、カゴの中から商品を一つずつ取り出し、それを隣に置いた別のカゴに移していく。

カレールー、牛肉、じゃがいも、たまねぎ、にんじん、……。それらがカゴからカゴへと順に移されていく。

おばちゃんは、決して表情には見せないが、内心こう思っている違いない。

「かわいい坊や。今日のあんたの晩ご飯は、カレーだね。それ以外にいったい何が考えられるのさ」

見破られたという素ぶりを見せながら、ぼくは内心ほくそ笑む。

「おばちゃん、ぼくを甘く見てもらっちゃ困る。今日の献立は、牛肉のしぐれ煮、じゃがいものバターしょう油煮、スライスオニオン、にんじんのきんぴら。うふふ。カレーはまた別の日に作る。うふふ」

いかにもカレーを作るといった商品を買ったとき、その日、カレーを意地でも作らない。また、別の日。

カレールー、牛肉、じゃがいも、たまねぎ、にんじん、しらたき、……。それらがカゴからカゴへと順に移されていく。

「かわいい坊や。今日のあんたの晩ご飯は、カレー、それとも肉じゃが？　よしよししてあげるから、どうか教えておくれ」

「おばちゃん。カレーか、肉じゃがか、迷ったね。今晩の献立も、実は、牛肉のしぐれ煮、じゃがいものバターしょう油煮、スライスオニオン、にんじんのきんぴら。うふふ。カレーはまた別の日に作るんだ。うふふ。しらたきは、……。したたきは、ぼくもどうするか知らない。何で買ったんだ。とりあえず、笑ってごまかそう。うふふ」

下の上

その瞬間、ぼくは家に向かって駆け出した。楽しそうに歩く人々の流れに逆らい、その間を走り抜けた。一刻も早く帰りたかった。もうこれ以上誰にも見られたくなかった。

買い物しようと下宿近くの繁華街に来ていた。ついさっきまで、他の人と同じように、うきうきと歩いていた。ビルのウインドウに映る自分の姿を見るまでは。

自分はハンサムの部類に入ると思っていた。調子が良ければその顔立ちだけで人を惹き付けられると信じていた。でも、それは大いなる勘違いであった。

ぼくの顔は、「下の上」だった。大学二年の、秋の初めのことだった。

家に着くと、カーテンを閉めきり、部屋を真っ暗にした。自分の醜さ。それに二十歳まで気付かなかった愚かしさ。激しい怒りと深い悲しみが去来した。その夜、どうやって眠りについたのか、覚えていない。

最悪の昨日を過ごしたぼくにも、今日がやってきた。昨日はあんなにすさんでいた心は、今日は不思議と穏やかだった。

あれから二十年近く経った。

今の瞬間的な表情は「上の下」だったとか、毎年発表される「抱かれたい男」ランキングを秘かに意識するなど、すべてを完全に諦めたわけではない。だが、自分の容姿についてほとんど諦めたぼくは今、とても気楽に暮らしている。

ビーチゲート

さんさんと降り注ぐ日差しに身をさらし日焼けをする人々。ビーチパラソルの下で気持ちよさそうに眠りこける人々。歓声を上げながらビーチバレーに興じる人々。人、人、人。夏のビーチは、足の踏み場もないほど、人でごった返している。

ぼくは、泳ぎ疲れた体を休めるため、砂浜で寝転んでいた。すると、「カーン」という乾いた音が聞こえてきた。それは断続的に続く。気になり、顔を上げてみる。スティックでボールを打つ若い男がいた。ぼくの記憶が正しければ、これは、お年寄りたちが平日の早朝から公園で行うボールゲーム、ゲートボールだ。

アドレスに入る。頭だけを左右に動かし、目標の方向を数度確認する。その後、流れるようなテイクバックとダウンスウィング。ボールが「カーン」という音を残して転がる。ボールが走りにくい条件下、ボールは決死の転がりを見せ、見事、寝そべる人と人の間を通過する。これが彼にとっての第一ゲートに違いない。だが彼は、ゲート通過の喜びを微塵も見せず、ボールの元に歩み寄ると、次の「人型ゲート」へ向けて淡々とアドレスに入る。

なぜビーチでゲートボールなのだろう。周りの人々も同じ気持ちなのだろうか、一様に戸惑いの表情を浮かべている。

なぜビーチでバレーボールなのだろう。もしかすると、ビーチバレーの始まりもこうだったのかもしれない。

いつしかビーチゲートが市民権を得たとき、ぼくたちは歴史の証人となる。

だから若者よ。周囲の目を気にせず、ビーチで打ち続けろ。でも人には当てるな。結構痛いと思うぞ。

臭う週末

日帰りで温泉に行った。

温泉を満喫すると、夕暮れ時になった。夕ご飯を食べようと、店を探した。温泉街の外れにお好み焼屋を見つけた。この店に入ることに決めた。

引き戸を開けると、客はおろか、店の人もいない。漠然とした不安が過ぎる。店をそのまま出るという選択も頭に浮かんだが、迷っているうちに、中年女性が店の奥から出てきた。もう引き返すことはできない。

席に着くなり、彼女は注文を聞いてきた。豚玉を注文した。ぼくの座るテーブルの鉄板に火を入れると、彼女は店の奥へと消えた。

豚玉の材料を入れたボールを手に戻ってきた彼女は、まず、ふきんで鉄板を丁寧にふいた。ふきんが鉄板の熱で温められ、湿り気を帯びた「ふきん」臭が立ち昇った。その臭いが消えぬうちに、彼女はその材料を鉄板に流し込んだ。形を整えると、彼女は再び店の奥へと消えた。

彼女はほどなく戻ってくるのだろうと思っていた。だが、なかなか帰ってこない。店の奥で動く気配も感じられない。奥で一体何をしているのだろう。時間だけが無為に過ぎていく。

そろそろ裏返した方がいいのではないか。ぼくのそんな焦りとは裏腹に、彼女はいまだ姿を見せない。そもそも裏返すのは誰の役目なのだろう。店の人なのか、ぼくなのか。この店の裏返し制度が分からない。店の人を呼ぶか逡巡していると、彼女は奥からようやく姿を現した。ぼくには救世主に見えた。

久々の登場の彼女は、躊躇なくお好み焼きを裏返した。良い焼け具合であった。

もう一方の面も焼き終えると、彼女は手早くソースを塗り、青のりを均等に撒き散らした。そして三度、奥へと消えた。彼女はたぶん、店の奥が三度の飯よりも好きなのであろう。

焼き上がった豚玉を口に運んだ。ほんのり「ふきん」風味の匂いがしたような、そんな気がした。

誇り

千里中央駅に着くと、地下鉄が事故で止まっていた。

今日は出張の日。新大阪駅で新幹線に乗り換え、広島まで行かなければならない。予定の新幹線の出発時刻は刻一刻と迫っている。

慌ててタクシー乗り場まで行く。だが、すでに長蛇の列。

次の瞬間、自転車置き場へと向かって走り出していた。すでに固く決心していた。新大阪駅まで自転車で行くことを。

当てにならない地下鉄やタクシーではなく、自分の脚力に未来を託したことを、ぼくは誇りに思う。

後から知ったのだが、ぼくが自転車を漕ぎ始めてまもなく、地下鉄のダイヤは復旧した。地下鉄を使って新大阪駅へと向かった同僚は予定の新幹線に間に合った。思っていたよりも新大阪駅までの道のりは険しく、結局、ぼくだけが乗り遅れた。

タイトル

映画館のチケット売り場。

映画『ものすごくうるさくて、ありえないほど近い』のチケットを購入しようとしている。

それにしても、タイトルがものすごく、ありえないほど長い。

売り場スタッフに間違いなく、一息で言えるだろうか。言えなければ、スタッフの面前で恥ずかしい思いをする。安全策を取るなら、タイトルを端折るしかない。

一方で、ぼくは生粋のA型。その几帳面な性格からすると、タイトルを短く縮めず言うべきであり、言わなければならない。

端折るべきか、縮めず言うべきか。

逡巡しているうちに、チケット購入の順番が回ってきた。

「『ものすごくうるさくて』、大人二枚」

チケットは滞りなく手に入れた。その代わり、ぼくは大切な何かを失った。

モスラとラッパー

夏の昼下がりの地下鉄。まばらな乗客。ぼくの腰かけるシートにはぼくひとり。向かいのシートも老女がひとり。この平和はいつまでも続くと、車内の誰もが思っていた。

次の駅に着くと、ある特定の男たちを魅了してやまない、露出度の高い極彩色の服を着た少女がひとり乗り込んできて、老女の座るシートの端に乱暴に腰かけた。座るとすぐに、ポーチから化粧道具一式を取り出して、それを太腿の上に置き、化粧を始めた。

まずはファンデーション。小さい鏡を器用に覗き込みながら、パウダーをパフではたくようにして塗り込んでいく。彼女がパタパタとはたくたびに、パウダーが周囲に飛び散る。四方に飛んだ粉は午後の強い日差しを受けて光り輝く。好意的に例えると、季節外れのダイヤモンドダスト。悪意を持って例えれば、飛べないモスラが鱗粉を撒き散らしている。

公害物質が国境をやすやすと越えていくように、粉は遠く、老女のところまで飛んでいる。老女は、モスラの鱗粉攻撃に最初は顔をしかめながら耐えていたが、度重なるその攻撃に我慢も限界となり、これ見よがしに荒々しく席を立ち、別のシートへと移動した。モスラは、そのあからさまな態度に気付くことなく、いつ終わることもなくファンデーションを塗り込み続けた。

ファンデーションがようやく終了すると、今度は目の周りを徹底メーク。ひいき目に見ても、そのコンセプトを理解することができない。羽子板で失敗したときに、目の周りを墨で落書きされた感じを目指しているのか。一体日本のどこに、こんなモスラを待っている人がいるのだろう。

次の駅では、今度は肩に大きなラジカセを乗せたラッパー風の中年男が軽快に乗り込んできた。

車内は徐々に、そして確実に無法地帯になっていく。次の駅には何が待っているのだろうか。この電車からそろそろ降りた方がいいかもしれない。

万円

元気な若者たちが切盛りする、とある居酒屋。昼は定食を提供していて、時々食べに行く。

そこのスタッフは、勘定の時必ず、実際の代金に「万円」を付けて言う。

酒が入る夜はいざ知らず、ランチタイムの客のノリは決して良くない。ほとんどの客が無反応で、「五百万円」「六百万円」という声だけが店内に空しく響く。

だからたまに客が少しでも反応を示すと、その快挙はフロアスタッフにはもちろん、厨房の料理人にまで伝えられ、店員たちは一時、大騒ぎとなる。

無視され続けてもへこたれない、その飽くなき追求には感心されられる。それがいつか花開き、「万円」がこの店の名物、大いなるマンネリとなることを秘かに期待する。

ちなみに、ぼくも無反応の客の一人。ノリの悪さでは北大阪で五本の指に入るぼくを落とすのは、そう簡単ではない。

クッション

サッカーボールを模したクッションを買った。

最初は当然クッションとして使おうと思っていたが、たまたま蹴ってみると、ボールとして十分に機能することが分かり、最近ではクッションサッカーのボールとして使っている。

毎日、壁相手に、長短織り交ぜたパスやシュートの練習。たまに蹴りそこない、テレビなどの高級品に当たり、肝を冷やすことも。

得意なのは、シュート回転を付けた弾丸シュート。その強烈なシュートに、自宅の壁も悲鳴を上げているであろう。

まだまだ練習を始めたばかりだが、ぼくの視線の先にあるのは、クッションサッカー経由、二〇一四年、サッカーW杯ブラジル大会のピッチだ。

ショートエッセイ2

あだ名

電車で紺に黄色のラインの入ったTシャツを着た若い男性を見かけた。

即、ぼくの中で彼のあだ名が決まった。

「TSUTAYA」だ。

長所を生かす

新幹線に乗った。

隣に男が座った。いかつく、でかい。

股を広げる。ぼくの領分に侵入している。

ジュースを音を立てて飲む。眠たいのに、耳障りで眠れない。

彼はカバンから何かを取り出した。小さなピンクの、キャラクターものの弁当箱。その弁当箱に入ったかわいいおかずを食べ始める。

彼の、今までのすべてを許そうと思った。

注文

カレー屋に行った。
何を注文するか考えている最中の女性二人の横に腰かけた。
注文が決まったので、店員を呼んだ。隣の二人はメニューを広げて、まだ考えている。
ぼくの注文の品がやってきた。彼女たちの考えは依然としてまとまっていない。
そろそろぼくが食べ終わろうとしている頃、彼女たちは満を持して店員を呼んだ。
そこまでして選んだカレーだ。彼女たちに幸福をもたらすことを願ってやまない。

サスペンス小劇場

映画を見に行った。
劇場に入ると、観客はぼく以外、誰もいない。

上映までまだ時間はある。観客も徐々に増えるだろう。だが、誰も現れない。上映時刻は刻一刻に迫る。今まで何百回と、映画館で映画を見てきたが、初めての観客一人を覚悟した。

上映直前に一組三人が劇場に滑り込んだ。こうして、上映前のサスペンス小劇場は終幕した。

怪獣

テレビ番組で渋谷の少女に街頭インタビューしていた。

「今、あこがれのファッションは?」と聞かれ、少女は「怪獣ファッション」と答えた。

ぼくからすると、彼女の服装は、今でも十分怪獣だ。

生まれ変わったら

夫婦で、生まれ変わったら何になりたいかについて話した。

妻は石、ぼくは土か砂だった。

その考えの仄暗さはさておき、我々は結構似た者同士なのかもしれない。

朝型

妻とニトリに行った。

「ニトリは朝に行くイメージがあるな」と彼女に言うと、「あなたは朝型やから、他の店も朝に行くと思う」と言われた。

その通りだ。

ルーカス

ガンバ大阪の試合を見に行った。

ルーカスが途中出場した。

出場直後、ミスが続き、中年男性が「ルーカス、何やってねん」と野次を飛ばした。

その男性の近くに座っていた子どもたちがそれを真似て、ルーカスがボールに触る度に、「ルーカス、何やってねん」と野次を飛ばすようになった。

その後、ルーカスはチャンスメイクをするようになったにも拘わらず、子どもたちからの野次は続いた。

ルーカスは、最終的に「消しカス」と呼ばれるようになった。

危機一髪

洋式トイレに座ろうとした。

いつもと何かが違う。

拭いきれない違和感。

あっ、便座が下りていない。

その間にも便器内に落下していく臀部。脳が脚に対して緊急指令。重力と筋力の真昼の一騎打ち。落下が止まる。水の冷たさを感じない。

九死に一生を得た。

XYZ

平日早朝の電車。カップルが乗り込んできた。

彼女が「エックス・ワイ・ゼット」と言った。彼が「エックス・ワイ・ズィー、って言って」と嬉しそうに言い返す。

それを何度も何度も繰り返す。

ぼくの精神衛生上、彼女が一刻も早く「エックス・ワイ・ズィー」と言うことを切に願う。

ノリツッコミ、始めました

温泉の脱衣場。タオルやシャンプーなどが並ぶ自販機がある。その中に女性用下着がある。

そうそう、風呂上がりは男も無性に女物の下着を着けたくなる。

って、そんなわけあるか。

短髪

短髪にした。

行きつけのお好み焼き屋に行くと、そこのおばちゃんに「似合っている」と言われた。

続けて「次は彼女作らな」という激励をもらった。

ぼくには彼女どころか、妻がいる。

長い付き合いだが、言いそびれて、言うタイミングを逸している。

優しい嘘

老女の占い師に手相を見てもらった。

「ストレスで眠れないこと、よくあるでしょ?」

「はい、そのとおりです」

実際は、ボルトの百メートル世界記録よりも早く寝付ける。

もうすぐ敬老の日。こんな優しい嘘も悪くない。

アロハ

日本でハワイアンハンバーガーの店に入った。

カウンターに行くなり、若い女性店員が明るい調子で「アロハ」と言ってきた。

全身がこわばり、何も言い返せなかった。

「目には目を、歯には歯を」ということわざがあるが、ぼくの辞書に「アロハにはアロハを」という文字はまだない。

中国人

中国の方と交流する場に時々行く。

初対面だとほとんどの場合、その容姿から中国人に間違われる。

本当は片言の中国語しか話せない日本人なのに、無口な中国人と思われる。

いつか中国語をマスターしたいと思うが、そのとき、ぼくは、日本語の上手い中国人に間違われるのだろうか。

活用法

最近、ぼくの第一印象は色白ということを、別々の人に続けざまに言われた。そんなことを言われたのは初めてである。

色白というのは、デビ夫人のような人を言うと思っていたので、青天の霹靂である。

ただ、人生の折返し地点をそろそろ迎えようとしている今、そんなことをいきなり言われても、その活用法に困る。

何も見えない

テレビを見ていると、カリスマ美容師が登場した。

その名は朝日光輝。

名前がまぶし過ぎて、何も見えない。

クリスマスプレゼント

誤って眉毛の一部を剃ってしまった。
だから今、その部分に鉛筆で眉毛を描いている。
もう少しでクリスマスだが、欲しいプレゼントがようやく決まった。
眉毛だ。

欧米だよ

正月、ハワイに行った。
宿泊先のホテルでタカアンドトシのトシさんを見かけた。
プライベートの旅行であろう。声を掛けるような野暮はしない。
その代わりに、ぼくの頭の中でだけ、ハワイに滞在するトシさんに対し「欧米か」と、いつもとは逆にツッコんだ。

タニタ

久しぶりに体重計に乗った。
目を疑った。自己記録七十五キロを大きく上回る、自分史上最高の七十九・四キロ。
体重計が壊れているに違いない。
妻を呼び、乗ってもらう。その数値を見て、「壊れていないよ」とあっさり一言。
現実は、今のぼくの体重ぐらい重いが、落ち込んでばかりもいられない。
早速妻に、今晩からのタニタ食堂メニューを哀願した。

老成

風邪を引いた。
明日は休み。睡眠をたっぷりとって風邪を治そうと、眠りについた。

翌日、五時半に目が覚めた。

思えば最近、朝早く出勤する平日はもちろん、休日も六時まで眠っていたためしがない。

人として早く老成したいと思うが、現実は、起床時間だけが老成していく。

拭えないもの

公衆トイレの個室に入った。

隣からトイレットペーパーをカラカラと引き出す音が聞こえてきた。

その音が二回、三回と繰り返され、それで終わるのかと思いきや、カラカラという音が果てしなく続いていく。

遂には、トイレットペーパーがカラになった。

ぼくには拭えない過去があるが、隣の彼には拭えない尻がある。

怒り

体幹トレーニングを始めた。

それを見た妻が、見よう見まねでやり始めた。

トレーニング開始からしばらく経ったある日、妻が「私のお腹、触ってみて」と言ってきた。

触ってみると、固い。特にわき腹は、ぼくよりもはるかに固い。

妻は何も悪くない。何も悪くないが、妻に対してやり場のない怒りを感じる。

号泣

妹が結婚式を挙げた。

父が泣いた。泣いたという言葉では到底足りない。号泣した。

「男は親が死んだとき以外は泣くな」とぼくを厳しく育てたくせに号泣した。

父の教えに従い、ぼくは泣いたことがない。

……。

妹の結婚式で、ぼくは不覚にも号泣した。

「男は親が死んだとき以外は泣くな」と父に厳しく育てられたくせに号泣した。

この勝負、ドローだ。

一人時間差

学生時代の友人との食事会があった。

会は午後九時に開始。

皆に聞くと、この時間に晩ご飯を食べるのは珍しくないという。

対してぼくは、いつもこの時間に眠る準備を開始し、午後十時には夢の中。

学生時代、バレーボール部で、一人時間差を得意としたが、人生においても、一人時間差を余儀なくされている。

朝日

早朝、持っていた朝日新聞を誤って駅のホーム下に落としてしまった。

本物の朝日は、東から昇ったばかりだが、ぼくの「朝日」は、プラットホームに沈んでいった。

（笑）

ぼくはメールで（笑）という記号を一度も使ったことがない。

その理由を妻に熱弁した。

それを聞いて妻が一言。

「なんでそんなことで熱くなっているの？」

ぼくの思いは何も伝わらなかった（泣）

ピンク

会社で近くに座る同僚がピンクの半袖シャツを着てきた。ぼくの愛用している半袖シャツと色と柄がほとんど同じだ。

しかも社内でピンクのシャツを着ているのは二人しかいない。
この夏、節電はもちろんだが、彼のシャツのローテーション分析も大きな課題である。

かねこくん

定食屋で昼飯を食べていると、背後で新たな客が入ってくる音がした。
その人に向かって女将さんが、「かねこくん、久しぶり！」と黄色い声をあげた。
その声から判断すると、彼は「かねこクン？」のような人に違いない。
後ろを振り返る。
あだ名が「かねやん」のような人だった。

開会式

ロンドンオリンピックの開会式をテレビで見た。

デイビッド・ベッカムが参加していた。男のぼくが見ても、惚れ惚れするほどカッコいい。

一方、妻は、そんなデイビッドよりも、同じく開会式に参加していた「Mr.ビーン」の方が好きだと言う。

妻がぼくと結婚した理由が何となく分かった。

恋バナ

レストランの隣の席で、八十近いと思しき母とその娘が恋バナに花を咲かせている。

「付き合っている」という言葉がしきりに聞こえてくる。

付き合っているのは娘か。それとも、まさかの母親か。

その答えは確かではないが、彼女たちを元気にするのは、テーブルの上に先ほどからあるハンバーグよりも恋愛であることは確かだ。

世界でいちばん

今年、プリプリが再結成した。

プリプリと言えば、思い出す。

中学三年の運動会。メインイベントは、男女が手を取り合うフォークダンス。ダンス中、流れていた曲が、プリプリの『世界でいちばん熱い夏』。

ぼくは、そのフォークダンスを外から羨望のまなざしで眺めていた。両手首を骨折していた。

世界で一番アホな奴。

思い込み

妻とバイキングに行った。

れんこんの天ぷらを載せた皿の前を通り過ぎようとすると、妻が「れんこん、好物やのに、取らないの?」と言った。

今までそんなことを言ったこともないし、そんな素振りも見せたこともない。

ただ、その熱い思い込みに応えるために、れんこんを取った。

彼は知らない

ジムの風呂場。

年老いた小太りの男性が入ってきて、湯船から桶に湯をすくった。湯船に浸かる前に股間を洗うためであろう、その桶の湯を股間に強烈に浴びせた。それを何度も繰り返す。

股間に勢いよくかけられたその湯は、彼の股の間を通って、後ろに大きく飛び散る。

彼は知らない。後ろにぼくが立っていることを。

彼は知らない。自分の股間に浴びせた汚水がぼくにぶち当たっていることを。

行きつけ

昨年末、行きつけの店が二つ閉店した。

新たな行きつけの店を見つけるべく、見知らぬ店に入った。

店内には本物のクラシックカーが飾られ、その運転席にはくいだおれ人形が座っていた。

この店を行きつけの店としたとしても、遠くない将来、この行きつけの店を失う、そんな予感がした。

禁止

スーパー銭湯の脱衣所で携帯電話で話す中年男性が、脱衣所内での電話禁止とスタッフに注意された。

彼は電話を続けながら頭を下げると、素っ裸のまま脱衣所を出ようとした。

スタッフは彼をすんでのところで制止した。

彼は知らなかったかもしれないが、脱衣所外での裸体での電話もやはり禁止である。

ほじれば都

電車内に熱心に鼻をほじる中年男性がいた。

ぼくはその男性を咎めるような目で見つめた。

だが、彼の人差し指の活発な動きは一向に止まる気配を見せない。

こうなると、車内での鼻ほじりはまっとうな行為に思えてくる。

「ほじれば都」か。

AKB48

ジムや温泉などのロッカールームでは、空いている限り、48番のロッカーを使用する。

「AKB48」と覚えれば、ロッカー番号を忘れないからだ。

ぼく自身、AKB48のファンではない。かといって、嫌いでもない。

ただ、ことロッカールームでは、AKB48をいつも近くに感じている。

ストーカー

毎朝、同じ電車の同じ席に座って、会社へと向かう。

最近、ぼくをつけ狙うストーカーが現れた。

彼は途中の駅で乗ってきて、ぼくの前に立つ。ぼくに全く興味がないよう装っているが、本当はぼくに釘付け。それが証拠に、勤務地の最寄駅で降りるため、ぼくが席から立とうとすると、その瞬間、彼はその席に体をするりと滑り込ませる。

この間、座る位置を変えたのだが、結果は同じだった。

今度、ぼくが降りるべき駅で降りなかったら、どのような反応を示すか、試してみよう。

前田くん

中学のとき、クラスの女子が休み時間に集まって「前田くんって、かっこいいよね」と騒いでいた。ぼくはそれを聞いて赤面した。

後から分かったのだが、それは、当時に大人気だった男闘呼組の前田耕陽のことを言っていた。

今度は、自分の自意識過剰に赤面した。

異変

今年に入って、映画試写会に全く当たらない。ちゃんと統計をとっていたわけではないが、以前は三回に一回は当選していたように思う。なぜこんなことになってしまったのだろう。

知らない間にぼくは、一生分の当選回数を超えていて、名前がブラックリストに載ってしまったか。単に送り先の住所を間違って書いていて、応募葉書が届いていないのか。あるいは、ペア招待状の懸賞にも拘わらず、はなから一人で観に行くつもりであることがばれてしまっているのか。理由は分からない。

でも、これはぼくのほんのささやかな楽しみです。映画試写会の神様、その楽しみをどうか奪わないでください。

アイスコーヒーを無料で飲む方法

一人で昼ごはんを食べに行く。店に入って注文したら、すぐに本を読み始める。注文の品がやってきたら、本を閉じ、むさぼり食う。食べ終わったら、本をまた読み始める。ほとんどの客が帰っても、ひたすら読み続ける。すると、店の奥さんがアイスコーヒーをそっと差し出てくれる。

すべての店とは言わないが、決して少なくない店でそのようにしてアイスコーヒーを無料で飲んできた。

アイスコーヒーを無料で飲みたい方、ご参考まで。

道のり

残業で遅くなって疲れていたが、家で自炊することにした。

メニューは魚介のパスタに決めた。

魚介をにんにくと鷹の爪とともに炒め、パスタを茹でた。アルデンテに茹で上がり、流しに置いたザルに上げた。湯気でかけていた眼鏡が一気に曇った。それでも、早く食べたい一心で、ザルを手探りで掴もうとした。

嫌な音がした。

眼鏡の曇りが晴れた。パスタはすべて、倒れたザルからこぼれ落ちていた。

晩ごはんは、まだ遠い。

アメ村

電車の扉近くの席に座っていると、すぐそばに立つ二人の女の子の話し声が聞こえてきた。

彼女たちは大学生になったばかりで、大学入学を機に大阪に出てきたようだ。今日は連れ立ってアメリカ村に行ってきたみたいだ。初めてのアメリカ村にまだ興奮が冷めない様子。その熱狂から一転して、一人が「でも、一人でアメ村に行く勇気はないな」としんみりとつぶやく。

何も心配することはない。三十年以上大阪に住んでいるが、ぼくは未だ一人でアメ村に行く勇気はない。

本気

自宅マンションを売ることにした。

そのことについて今日初めて会った不動産屋の社員と自宅で話していると、善は急げということで、その社員が会社に電話した。

すると十分後、中古マンションを探している夫婦とその不動産屋の別の社員がやってきて、初対面なのに挨拶もそこそこに、トイレを含む家中をくまなく舐めまわすようにじっくり見て、そして「いいね」と言い残し嵐のように去っていった。

みんな、本気だ。

岡山

岡山でタクシーに乗った。

しばらくすると、運転手が話し始めた。

大阪でずっと暮らしていたが、定年後、妻の実家がある岡山に来て、運転手になったとのこと。

それから、家族のこと、景気のことなど、様々なことを語った。

そして最後に一言。

「タクシーに乗り始めて分かったんやけど、岡山の人はアクが強い。嫌いや。大阪に帰りたいわ」

タクシーに乗ってからの短い付き合いから判断して、同郷のひいき目で見ても、その運転手もアクが強い。

同じ穴のムジナ。あなたなら、やっていけます。

そっちではない

ぼくの視線に気づいてか、「暑がりなんです」と言い訳しながら、彼はしきりにハンカチで汗を拭っている。

ぼくが気になるのは、黒く、長く、太い、彼の鼻から飛び出した鼻毛だ。

ビジネス

『はじめてのビジネス英会話』という本を読んだ。

例文に「彼は車にはねられました。」「車に後ろからはねられました。」とあった。

ビジネスはまさに命がけだ。

どこにも行かない

休日、汗をかいたので、Ｔシャツとステテコに着替えた。

そのステテコ姿を見て妻が「どっか行くん？」と聞いてきた。

自分の、普段の室内着のグレードがにわかに心配になってきた。

初勝利

営業先で写真入りの名刺を渡した。

それを見た担当者が一言。

「実物の方が写真より良いね」

「写真写りが良い」と言われ続けて三十六年。初めて実物が写真に勝った瞬間であった。

その営業先から仕事を得たわけではないが、もう仕事を得た気になった。

ダイエット

行きつけのお好み焼き屋でお好み焼きの単品を注文した。

いつもは定食を注文するぼくを心配して、女将さんが「どうしたん?」と聞いてきた。

「ダイエットです」

「うちのだんなに比べたら全然太ってない。ダイエットなんかせんでいい」

その言葉に心が揺らいだ。

女将さんの話はさらに続き、主人が太っていることで男としてどんなに魅力がないかを延々と聞かされた。

ダイエットを継続することにした。

笑顔

自宅マンションのエントランスに入ると、エレベーター前にマスクをした美しい女性がいた。

初めて見る人だったので、好印象を与えるべく、とびっきりの笑顔で会釈した。

その美女はおもむろにマスクを取った。

妻であった。

ぼくは、とびっきりの苦笑いを見せた。

袋

コンビニでキシリトールガムのボトルタイプを買った。レジ袋はきっぱり断った。

店員が思い出したように「おまけが付いています」と言った。

キン肉マンがでかでかと描かれたクリアファイルだった。

やっぱり袋をもらった。

注目

妻と待ち合わせをした。

落ち合った後、エレベーターに乗った。

右手にレジ袋を持っていたので、「何買ったん?」と聞いた。

「明日の朝のパン」

エレベーターの乗客の目が一斉に、「明日の朝のパン」に集まった。

【著者プロフィール】
まえだ りょう（本名・前田亮）

1975 年　京都市生まれ
1987 年　箕面市立豊川北小学校卒業
1990 年　箕面市立第六中学校卒業
1993 年　大阪府立北野高校卒業
1994 年　京都大学総合人間学部自然環境学科入学
2000 年　京都大学総合人間学部人間学科卒業
2001 年　「大学六年生の作り方」（郁朋社）
2002 年　「ぼくらの流儀」（ぶんりき文庫）
2008 年　「山崎」（PAREDE BOOKS）

現在、特許業務法人前田特許事務所副所長。弁理士。
二百キロを越える距離を走る超ウルトラマラソンランナーでもある。

結局《けつきよく》ゾロ目《め》を見逃《みのが》す

2014 年 2 月 22 日　第 1 刷発行

著　者 ― まえだ りょう

発行者 ― 佐藤　聡

発行所 ― 株式会社 郁朋社《いくほうしや》

〒 101-0061　東京都千代田区三崎町 2-20-4
電　話　03（3234）8923（代表）
ＦＡＸ　03（3234）3948
振　替　00160-5-100328

印刷・製本 ― 日本ハイコム株式会社

落丁、乱丁本はお取り替え致します。

郁朋社ホームページアドレス　http://www.ikuhousha.com
この本に関するご意見・ご感想をメールでお寄せいただく際は、
comment@ikuhousha.com までお願い致します。

 ISBN978-4-87302-578-0 C0095